Isabel Abedi

Freundinnengeschichten

Zeichnungen von Eva Czerwenka

*Der Umwelt zuliebe ist dieses Buch
auf chlorfrei gebleichtem Papier gedruckt.*

ISBN 978-3-7855-5653-5
2. Auflage 2006
© 2006 Loewe Verlag GmbH, Bindlach
Umschlagillustration: Eva Czerwenka
Reihenlogo: Angelika Stubner
Printed in Germany (017)

www.loewe-verlag.de

Inhalt

Mensch ärgere dich nicht 9

Zwei Zicken und eine Freundin 18

Die Brieffreundin 28

U2 39

Lunas Geheimnis 51

Mensch ärgere dich nicht!

An einem sonnigen Freitag im Mai zog Noras Oma um. Von ihrer Wohnung, in der sie dreißig Jahre lang gewohnt hatte, in ein Altersheim.

Eigentlich war Noras Oma noch gar nicht so alt. Wenn sie lachte, sah sie aus wie ein junges Mädchen, und Noras Oma lachte viel. Außer sie spielte *Mensch-ärgere-dich-nicht* und verlor – da konnte sie schimpfen wie ein Rohrspatz.

Alt war nur Omas Körper. Ihr Rücken war ganz krumm, und das Treppensteigen machte ihr furchtbare Mühe. Vor einem Monat aber war sie in der Dusche so schlimm gestürzt, dass sie sich fast ein Bein gebrochen hätte. Da hatte Mama sie überredet, in ein Altersheim zu ziehen. Dort war gerade ein Platz frei geworden.

„Was soll's", seufzte Oma. „Auf Dauer hätte ich sowieso nicht mehr allein in meiner Wohnung leben können."

Sie lächelte Nora an, aber in ihren Augen glitzerten Tränen. Nora musste sich auf die Lippen beißen, um nicht mitzuweinen.

Während Mama und Papa die letzten Umzugskisten packten, hielt Nora Omas Hand.

„Soll das hier auch mit?", fragte Mama und hielt das *Mensch-ärgere-dich-nicht*-Spiel hoch.

Nora nickte, aber Oma zuckte nur mit den Schultern und seufzte. Dann klingelte auch schon die Umzugsfirma.

„Fertig!", sagte Mama. „Es kann losgehen."

Das Altersheim lag am Rand der Stadt. Es hieß *Rosenhof* und sah von außen aus wie ein Hotel. Es hatte eine große Empfangshalle, ein von Rosenhecken geziertes Gartencafé und Aufzüge, die zu den Apartments führten. So hießen die Wohnungen im *Rosenhof*. Omas Apartment hatte die Nummer 33 und lag im dritten Stock.

„Ist doch hübsch hier, findest du nicht?", fragte Mama fröhlich, als die Pflegerin ihnen die Tür aufschloss. „Schau mal, du hast sogar einen kleinen Balkon."

Oma stand nur da und seufzte. Plötzlich kam sie Nora ganz klein und verloren vor.

Mama und Papa fingen an, die Kisten auszupacken, und als Oma zum zehnten Mal seufzte, schlug Papa vor: „Warum geht ihr zwei nicht in den Rosengarten? Dort könnt ihr ein Eis essen, und wenn ihr wiederkommt, haben wir den Großteil schon geschafft."

Oma seufzte zum elften Mal. Aber Nora nahm Oma an die Hand und zog sie mit sich nach draußen. Im Flur begegnete ihnen ein alter Herr. Er trug Pantoffeln und machte beim Gehen schlurfende Geräusche. Oma seufzte zum zwölften Mal.

  Das Café im Rosengarten war gut besucht. Die Sonne schien, und alle Tische waren besetzt. So viele alte Menschen auf einmal hatte Nora noch nie gesehen. Manche sahen aus, als wären sie mindestens hundert Jahre alt.

„Hier ist kein Platz mehr", sagte Oma zu Nora und seufzte zum dreizehnten Mal.

Da ertönte von einem der hinteren Tische plötzlich eine laute Stimme: „So ein Schweinemist!"

Erschrocken reckte Nora den Hals – und grinste. An dem hinteren Tisch saßen eine ältere Dame mit grauem Dutt und ein Mädchen mit Pippi-Langstrumpf-Zöpfen. Vor den beiden lag ein *Mensch-ärgere-dich-nicht*-Spiel. Das Schimpfen war von

der älteren Dame gekommen. Als sie
Nora und ihre Oma jedoch bemerkte,
winkte sie ihnen lachend zu: „Hier sind
noch zwei Plätze frei!"

Ein winziges Lächeln huschte über das
Gesicht von Noras Oma.

„Ich heiße Mona", sagte das Mädchen
mit den Pippi-Langstrumpf-Zöpfen. Ihre
Großmutter hieß Magdalena Meyer.

„Sie sind neu hier, nicht wahr?", fragte
sie Noras Oma.

Noras Oma nickte. „Nummer 33", sagte
sie.

„Dann sind wir ja Nachbarinnen", sagte
Magdalena Meyer erfreut. „Ich wohne in
Nummer 32. Sie spielen nicht zufällig gern
Mensch-ärgere-dich-nicht?"

Nora kicherte, und ihre Oma musste
lachen. „Zufällig doch", sagte sie.

Als Mama und Papa zwei Stunden später
in den Rosengarten kamen, waren die
meisten Tische leer. Nur ganz hinten

saßen zwei Mädchen mit ihren Großmüttern und spielten *Mensch-ärgere-dich-nicht*.

Durch den Rosengarten schallten die Stimmen der Großmütter.

„Da wird doch der Hund in der Pfanne verrückt!"

„Ich glaub, mein Schwein pfeift!"

„Da geht einem der Hut hoch!"

„Verflixter Vogelmist!"

„Was ist denn hier los?", fragte Mama erschrocken.

„Siehst du doch", grinste Nora. „Wir spielen. Das ist meine neue Freundin Mona. Und das ist Magdalena Meyer, Omas neue Freundin."

Von nun an besuchte Nora ihre Oma jeden Samstag im Rosenhof. Meistens war auch Mona da und besuchte ihre Großmutter nebenan. Sie aßen Eiscreme, unterhielten sich oder schauten sich Fotoalben an. Aber am liebsten spielten sie im Rosengarten *Mensch-ärgere-dich-nicht*. Mit zwei fluchenden Omas machte das nämlich doppelt so viel Spaß!

Zwei Zicken und eine Freundin

Lottas Mama lag im Liegestuhl am Swimming-Pool und spielte Bratwurst: eine Stunde Bauch bräunen, dann wenden. Eine Stunde Rücken bräunen, dann wenden. Eine Stunde Bauch bräunen … Seit drei Tagen ging das jetzt schon so. Und als Lotta sich vor Langeweile in der Nase bohrte, sagte Mama: „Hier im Hotel laufen doch genug Kinder in deinem Alter herum. Die drei da drüben zum Beispiel."

Mama zeigte auf die andere Seite des Pools, wo drei Mädchen seilsprangen. „Warum fragst du sie nicht einfach, ob du mitspielen darfst?"

Warum, warum! Warum verstand Mama nicht, dass das für Lotta eben nicht so einfach war?

Klar könnte Lotta die drei Mädchen ansprechen. Sie bräuchte nur den Mund aufzumachen. Aber genau das war Lottas Problem! Wenn sie den Mund aufmachte, kam nichts raus. Lotta war einfach zu schüchtern. Natürlich nicht bei ihren Freundinnen zu Hause. Die kannte Lotta ja. Aber die Mädchen am Beckenrand gegenüber kannte sie nicht.

„Mensch, Lottchen", sagte Mama. „Das ist ja nicht mit anzusehen. Wenn du dich nicht traust, frag *ich* eben für dich."

Lotta schüttelte heftig den Kopf. Dann wüssten die anderen, dass sie Angst hatte. Das wäre noch schlimmer!

Okay. Dreimal tief Luft holen und dann rüber.

Mit jedem Schritt schlug Lottas Herz lauter und schneller. *Peng-Pong. Peng-PONG. PENG-PONG. PENGPONGPENGPONGPENGPONG ...* Jetzt war Lotta da.

Sie stand direkt vor den seilhüpfenden Mädchen und öffnete den Mund. Heraus kam nichts. Nicht mal das winzigste Wörtchen.

Da hörten die Mädchen mit dem Seilschlagen auf. Das eine Mädchen sagte: „Mach die Klappe zu, es zieht!"

Das andere Mädchen kicherte. Dann streckte es Lotta die Zunge heraus. Was das dritte Mädchen machte, sah Lotta nicht, weil ihr die Tränen kamen. So schnell sie konnte, lief Lotta auf ihr Hotelzimmer. Und da blieb sie, bis es an ihre Tür klopfte.

Lotta zog sich die Decke über den Kopf. *Klopf-klopf! Klopf-klopf!*

„Hinterm Hotel gibt es einen Kletterbaum", sagte eine Stimme. Eine Mädchenstimme. „Von dort oben kann man bestimmt bis zum Nordpol gucken. Ich wollte dich schon gestern fragen, ob du mit mir da hinkommst. Aber ich hab mich nicht getraut, dich anzusprechen."

Lotta schob den Kopf aus der Decke. Dann ging sie zur Tür und machte auf. Vor ihr stand das dritte Mädchen. Es hatte schwarze Kringellocken und mindestens eine Million Sommersprossen im Gesicht.

„Ich bin Emma", sagte es. „Was ist jetzt? Kommst du mit?"

Was für eine Frage – klar kam sie mit!

Der Kletterbaum war richtig hoch. Aber Lotta konnte klettern wie ein Affe – und Emma auch.

„Also, den Nordpol sehe ich nicht", sagte Lotta. „Aber da unten sind deine Freundinnen."

Emma verzog das Gesicht. „Das sind nicht meine Freundinnen. Eigentlich sind es zwei ziemliche Zicken."

„Bäääh", machte Lotta und kicherte.

Die beiden Zicken schauten sich erstaunt um. Aber sie konnten Lotta und Emma nicht entdecken. Die waren in ihrem Kletterbaum viel zu gut versteckt.

„Bäääh", machte jetzt auch Emma.

„Hast du das gehört?", fragte die eine Zicke.

„Das klang wie eine Ziege", sagte die andere Zicke.

„Aber es kam von oben", sagte die eine Zicke.

„Ziegen können doch nicht fliegen!", sagte die andere Zicke.

Lotta und Emma bähten und kicherten, bis ihnen die Bäuche wehtaten.

Jetzt fingen für Lotta die Ferien erst richtig an. Sie und Emma spielten Wetttauchen im Pool, fütterten die dürren Hotelkatzen und steckten den zwei Zicken Nacktschnecken in die Sandalen. Abends saßen sie auf ihrem Kletterbaum, beobachteten die Sterne und erzählten

sich Geschichten. Wenn Lotta jetzt den Mund aufmachte, purzelten die Wörter nur so aus ihr heraus.

Nur eins hatte sie vergessen, Emma zu fragen. Auf dem Flug nach Hause fiel es Lotta ein. Sie wusste nicht, wo Emma wohnte. Und Emma wusste nicht, wo Lotta wohnte. Wie hatten sie bloß vergessen können, ihre Adressen zu tauschen?

„Wer weiß", versuchte Mama Lotta zu trösten. „Vielleicht lauft ihr zwei euch ja irgendwann noch einmal über den Weg."

„Also das", dachte Lotta, „das müsste schon ein Wunder sein."

Und das war es auch! Drei Monate später – der Unterricht hatte schon begonnen – klopfte es plötzlich an die Tür von Lottas Klassenzimmer. Die Direktorin kam herein. „Ich möchte euch eine neue Mitschülerin vorstellen", sagte sie. „Sie ist neu in der Stadt und wird hoffentlich bald viele Freundinnen in dieser Klasse finden."

Hinter dem Rücken der Direktorin schob sich ein Mädchen hervor. Es hatte schwarze Kringellocken und mindestens eine Million Sommersprossen. Und es sah sehr, sehr schüchtern aus.

„Eure neue Mitschülerin heißt ...", setzte die Direktorin an, „Emma!", unterbrach Lotta sie und fiel ihrer Ferienfreundin um den Hals.

Die Brieffreundin

Der Ballon hatte sich in Lillis Kletterbaum verfangen. Rosarot war er. Aber das Beste war die Postkarte am Band. Oder besser gesagt, das, was in rosa Glitzerschrift darauf geschrieben stand:

*Mein rosaroter Luftballon –
er steigt hinauf und fliegt davon.
Landet er vielleicht bei dir?
Dann mach schnell und schreibe mir!
Sara Bleibtreu, 9 Jahre, Luisengasse 6,
10305 Berlin*

Lilli war begeistert. Ein Gedicht. Von einem Mädchen. Per Luftballonpost. Sie flitzte zu ihrem Schreibtisch, kramte ihr Briefpapier und ihren Lieblingsglitzerstift hervor und schrieb:

Liebe Sara!
Dein Ballon ist in meinem Kletterbaum gelandet.
Ich wohne in Hamburg und bin 9 Jahre alt, genau wie du!
Zum Glück haben meine Brüder den Ballon nicht gefunden.
Ich habe drei Brüder, und im Frühling kriegt Mama noch ein Baby. Wenn es wieder ein Junge wird, wechsele ich die Familie. Hast du auch Brüder? Was sind deine Hobbys? Meine sind: Fußballspielen und Klettern. Und (seit heute) Briefeschreiben! Deshalb schreibe bitte schnell zurück.
Deine Brieffreundin Lilli

Fünf Tage später rief Lillis ältester Bruder: „Zwerg, du hast Post. Aus Berlin. Wen kennst du denn in Berlin?"

„Tja", sagte Lilli, „das willst du wohl gerne wissen, was?" Dann schnappte sie sich den Brief und machte, dass sie auf ihren Kletterbaum kam.

Dorthin verzog sich Lilli immer, wenn sie ungestört sein wollte. Sie öffnete den Brief und las:

Liebe Lilli!
Ich wäre am liebsten in die Luft gesprungen, als dein Brief kam. Eine Brieffreundin zu haben war immer mein größter Wunsch!
Wie alt sind deine Brüder? Ich habe keine Geschwister. Aber ich habe Mäuse. Sie heißen Prinzi und die sieben Zwerge. Prinzi ist der Mäusepapa, und die sieben Zwerge sind seine Kinder. Die Mäusemama hieß Schneewittchen. Leider ist sie gestorben. Oma hat ihr einen gläsernen Sarg gemacht, und wir haben sie im Garten bei den Rosen begraben.
Meine Hobbys sind Mit-meinen-Mäusen-Spielen, Briefeschreiben und Dichten. Wenn ich groß bin, will ich Dichterin werden. Hier ist ein Gedicht für dich:
Bei Mitternacht, wenn alle Katzen
schleicheleise auf den Tatzen
durch die dunklen Gassen stratzen,
schneiden Mäuse ihnen Fratzen.
  Deine Brieffreundin Sara

Lilli las den Brief sieben Mal und das Gedicht zwölf Mal. Dann schrieb sie zurück:

Liebe Sara!
Dein Gedicht ist so schön! Ich finde, du bist schon eine Dichterin. Wenn ich groß bin, werde ich Fußballprofi oder Bergsteigerin. Papa sagt immer, ich kann klettern wie eine Bergziege. Ich liebe Klettern, und Fußball mag ich auch! Und du? Was für Sport machst du gerne? Das mit deinen Mäusen finde ich richtig cool! Ich würde gerne meine drei Brüder gegen drei von deinen Mäusen tauschen! Meine Brüder sind 12, 14 und 16, und sie nennen mich Zwerg!
Deine Brieffreundin Lilli
PS: Ich würde dir meine Brüder auch schenken.

Diesmal dauerte es nur drei Tage, bis Saras Brief kam. Sie schrieb, dass sie mit

Prinzi und den sieben Zwergen einen
Mäusezirkus machte und dass sie leider
keinen Platz für große Brüder hatte.
Außerdem schrieb sie, dass ihre Oma
eine echte Künstlerin war. Sie machte
Elfen und Feen aus Glas. Nur auf Lillis
Frage nach dem Sport hatte Sara wohl
vergessen zu antworten. Aber das fiel Lilli
gar nicht auf. Sie hatte diesmal etwas
richtig Aufregendes zu berichten.

Liebe Sara!
Meine Mama sagt, sie hat eine Freundin in Berlin. Die will sie in drei Wochen besuchen. Und ich darf mit! Dann können wir uns richtig kennen lernen! Ist das nicht toll?
  Deine Brieffreundin Lilli

Saras Antwort kam eine Woche später.

Liebe Lilli,
leider bin ich in drei Wochen nicht da.
  Viele Grüße, Sara

Ein seltsamer Brief war das, fand Lilli. So kurz und knapp. Trotzdem – Lilli wollte mit nach Berlin. Und in Berlin bat sie Mama, mit ihr zu Saras Haus zu fahren. Damit sie wenigstens sehen konnte, wo ihre Brieffreundin wohnte.

Saras Haus war nicht weit von Mamas Freundin entfernt. Gleich daneben war ein Park. Mama und ihre Freundin setzten sich ins Café. Lilli ging in den Park. Dort spielten ein paar Kinder Fußball. Und unter einem Baum saß ein Mädchen im Rollstuhl. Lilli musterte es aus den Augenwinkeln. Was für dünne Beine das Mädchen hatte! Fast so dünn wie die Zweige, in denen sich Saras Ballon verfangen hatte. Das Mädchen kaute auf einem rosa Glitzerstift, und auf seinem Schoß lag ein Blatt Papier.

Plötzlich bekam Lilli ganz schwitzige Hände. Langsam ging sie auf das Mädchen zu.

„Du bist Sara, stimmt's?"

Das Mädchen im Rollstuhl wurde blass. „Lilli?", fragte es leise.

Lilli nickte. „Wieso hast du gelogen?", wollte sie wissen. „Wieso hast du gesagt, du wärst nicht da?"

Sara sah Lilli an. Sie sagte nichts, aber Lilli konnte Saras Gedanken lesen. Seltsam war das. Traurig und schön zugleich.

Lilli kaute auf ihrer Zunge herum. Dann sagte sie: „Prinzi und die sieben Zwerge. Sind die auch da?"

„Willst du sie sehen?", fragte Sara und lächelte zaghaft.

„Ja, klar!", rief Lilli.

Am nächsten Tag fuhr Lilli mit Mama zurück nach Hamburg. Sie kamen spät nach Hause, aber vor dem Schlafengehen musste Lilli unbedingt nochmal an ihren Schreibtisch:

Liebe Sara!
Ich bin froh, dass du doch da warst! Deine Mäuse sind so süß, vor allem der kleinste Zwerg. Ich werde jetzt so lange betteln, bis Mama mir auch eine Maus erlaubt. Papa hat gesagt, er freut sich, wenn du uns in den Ferien besuchst. Aber bis dahin schreiben wir uns weiter, ja?
Deine Lilli
PS: Sind wir jetzt eigentlich Brieffreundinnen oder Freundinnen? Ich finde, wir sind beides!

U2

„Ich könnte diesen Frickelfritzen auf den Mond schießen!", schrie Josis Mama so laut, dass Josi und ihre beste Freundin Pina in den Flur rasten.

Dort stand Mama. Sie hielt den Telefonhörer in der Hand, und ihr Gesicht war fast so rot wie ihr neues Kleid. Das todschicke Kleid, das Mama sich extra für das Konzert gekauft hatte. Heute Abend spielte doch U2, Mamas Lieblingsband. Und jetzt?

„Jetzt sagt mir dieser Frickelfritze, dass er nicht mitkommt", tobte Mama. „Und warum nicht? Weil er sein Handy programmieren muss!"

Josi stöhnte. Der Frickelfritze war Mamas Freund. Mama hatte ihn ein Jahr nach der Scheidung von Papa kennen gelernt. Aber Josi konnte ihn nicht ausstehen. Und was Mama an ihm fand, verstand sie auch nicht.

Wenn der Frickelfritze nicht gerade sein Handy programmierte, frickelte er an seinem DVD-Gerät herum. Oder an seinem Computer. Oder an seinem Auto –

seinem Mercedes ohne Dach. Damit hatte der Frickelfritze Mama eigentlich heute zum Konzert fahren wollen.

„Und wie komme ich da jetzt ohne Auto hin?", rief Mama aufgebracht.

„Mit dem Bus?", schlug Josi vor.

„Zu weit", schimpfte Mama. „Das Konzert ist in Köln und geht in einer Stunde los. Mit dem Bus schaffe ich das nie!"

„Mit Miriam?", überlegte Josi weiter.

Miriam war Mamas beste Freundin.

„Geht auch nicht." Mama stieß einen tiefen Seufzer aus. „Miriam liegt mit Grippe im Bett. Außerdem kann sie U2 nicht ausstehen."

Pina, die heute bei Josi übernachtete, hatte Josis Mama die ganze Zeit mitleidig angeschaut. Jetzt sagte sie: „Mein Papa mag U2. Es ist sogar seine Lieblingsband, und er war ganz traurig, dass es keine Karten mehr gab. Ruf ihn doch mal an!"

Josis Mama schüttelte den Kopf. „Ach Pina, das ist lieb, aber das will ich nicht. Ich kenne deinen Papa doch kaum. Und mir ist sowieso die Lust vergangen."

Dann ging sie ins Schlafzimmer. *Peng!* knallte die Tür hinter ihr zu. Pina und Josi sahen ihr nach.

„Mein Papa findet deine Mama hübsch", sagte Pina. „Das hat er mir nach dem letzten Elternabend erzählt. Eigentlich durfte ich dir das nicht verraten."

Josi musste lächeln. Sie mochte Pinas Papa schrecklich gern. Nicht nur, weil er

die weltbesten Frikadellen machte.
Sondern weil er einfach der weltbeste
Papa war. Das musste er auch sein, denn
Pina hatte keine Mama. Sie war
gestorben, als Pina noch ein Baby war.

Plötzlich zwickte Josi ihre beste
Freundin in den Arm. Das tat sie immer,
wenn sie eine gute Idee hatte.
„Au!", rief Pina. Dann grinste sie über
beide Ohren. „Du meinst, wir sollen …?"
„Ganz genau das meine ich!", sagte Josi
und zog Pina zum Telefon. „Du wählst, ich
spreche."

Pina wählte die Nummer von ihrem Papa. Dann reichte sie Josi den Hörer und drückte die Daumen. Ein bisschen drückte sie auch ihre Lippen zusammen, damit sie nicht kichern musste. Gleich nach dem zweiten Klingeln ging Pinas Papa dran.

„Hallo, Christian", sagte Josi. „Ich soll dich von meiner Mama fragen, ob du Lust hast, gleich mit ihr zum U2-Konzert zu gehen. Sie hat zufällig noch eine Karte übrig und …"

„Und warum sagt mir deine Mama das nicht selbst?", kam es etwas misstrauisch vom anderen Ende.

„Weil sie spät dran ist", rief Josi wie aus der Pistole geschossen. „Sie muss sich noch schick machen, und das Konzert fängt in einer Stunde an."

Eine halbe Stunde später klingelte es an der Tür.

„Josi, machst du bitte mal auf?", rief Mama.

Aber Josi hatte sich mit Pina hinter der Garderobe verschanzt. Zwischen Mamas Mänteln schielten sie zur Tür.

Es klingelte erneut. Mama kam aus dem Schlafzimmer und öffnete die Tür. Davor stand Pinas Papa. Er trug ein rotes Hemd, und in der Hand hielt er einen Riesenblumenstrauß. Mama liebte Blumen! Aber der Frickelfritze hatte ihr nie welche geschenkt. Oder doch, einmal, zu ihrem Geburtstag. Eine Topfnelke von der Tankstelle. Dafür hätte Josi ihn gleich dreimal zum Mond geschossen.

„Bin ich zu spät?", fragte Pinas Papa. Er war ganz außer Atem.

„Zu spät?" Josis Mama klang ziemlich verdattert. „Wie meinen Sie das? Zu spät für was?"

„Für das, äh …" Pinas Papa fing an, zu stottern. „Ihre Tochter … äh … Josi. Sie hat mich angerufen. Sie hat gesagt, Sie ließen fragen, ob ich Lust hätte, mit Ihnen auf das U2-Konzert zu gehen, weil Sie noch eine Karte übrig hätten."

„WAS?" Mama klang so fassungslos, dass sich Josi in die Faust beißen musste. Neben ihr drückte Pina die Daumen. Pina mochte Josis Mama nämlich genauso gern, wie Josi Pinas Papa mochte.

Der war jetzt knallrot geworden. „Dann war das Ganze wohl ein Scherz?", fragte er leise.

Josis Mama schwieg. Dann fing sie an zu lachen. „Ich habe tatsächlich noch eine Karte übrig", sagte sie. „Da hatte meine Tochter ganz Recht!" Den letzten Satz rief Mama sehr laut. Aber wütend klang sie nicht. Als sie zwei Minuten später „tschüss" rief, klang sie sogar fast fröhlich. Und als Josis Mama kurz vor Mitternacht nach Hause kam, klang sie so glücklich wie schon lange nicht mehr. Josi und Pina hatten die Tür von Josis Zimmer offen gelassen und lauschten, wie sich ihre Eltern voneinander verabschiedeten.

„Tschüss, Christian", sagte Josis Mama.
„Tschüss, Sylvia", sagte Pinas Papa.
„Und danke für den schönen Abend."
Dann fiel die Tür ins Schloss. Pina und Josi hörten Josis Mutter seufzen. Einen tiefen Glücksseufzer ließ sie los. Im nächsten Moment klingelte es an der Tür.

Pina und Josi hielten die Luft an, als sie die Stimme von Pinas Papa hörten. „Pina und ich wollten morgen Nachmittag ein Kanu mieten und irgendwo am Seeufer picknicken", sagte er. Und dann nach einer Pause: „Habt ihr nicht Lust, mitzukommen?"

„Kanu? Seeufer? Picknick?", rief Josis Mama. „Das klingt ja wunderbar! Wenn die Mädchen nichts dagegen haben …"

„Haben wir nicht", kreischten Josi und Pina wie aus einem Mund.

Eine Woche später schoss Mama den Frickelfritzen auf den Mond. Ein Jahr später flog sie mit Pinas Papa in die Sonne. Josi und Pina flogen natürlich auch mit. Schließlich war es ihr erster gemeinsamer Familienurlaub. Aber bestimmt nicht ihr letzter!

Lunas Geheimnis

Luna war Stellas beste Freundin. Schon ihr ganzes Leben lang.

Sie waren im selben Krankenhaus zur Welt gekommen, und sie wohnten in derselben Straße, Garten an Garten. Sie waren zusammen in den Kindergarten gekommen und später dann zusammen in die Schule – in dieselbe Klasse. Nur am selben Tisch durften sie nicht mehr sitzen. Die Lehrerin hatte sie auseinander gesetzt, weil sie ständig flüsterten. Worüber sie flüsterten? Über alles! Schließlich waren sie beste Freundinnen und hatten keine Geheimnisse voreinander.

Oder vielleicht doch? Eine Sache war da nämlich, die Stella nie ganz verstanden hatte.

Manchmal hatte Luna *etwas anderes*. So nannte sie das jedenfalls, wenn sie irgendwo nicht dabei sein konnte.

„Da habe ich was anderes", hatte Luna gesagt, als einmal das Schlaffest im Kindergarten war.

„Da habe ich was anderes", hatte Luna gesagt, als Stella sie ein anderes Mal zum Grillen in ihren Garten eingeladen hatte.

Und als Stella an einem Freitag bei Luna übernachten wollte, sagte ihre beste Freundin schon wieder: „Da habe ich was anderes."

„Was denn?", wollte Stella wissen. „Was hast du anderes?"

Die beiden saßen in Lunas Garten auf der Wippe. Auf der Wippstange balancierte Luzifix, Lunas schwarzer Kater. Luna sagte ausweichend: „Nichts Bestimmtes." Aber dabei funkelten ihre grünen Augen plötzlich so geheimnisvoll.

„Ich denke, ich bin deine beste Freundin", beschwerte sich Stella.

„Bist du ja auch", versicherte ihr Luna.

„Beste Freundinnen haben keine Geheimnisse voreinander."

„Haben wir doch nicht", meinte Luna.

„Wohl!", schimpfte Stella. „Du sagst mir nicht, was du heute Abend vorhast."

„Das ist was anderes", sagte Luna. Luzifix maunzte, und in Lunas grünen Augen war wieder dieses Funkeln zu sehen. Stella kniff beleidigt die Lippen zusammen.

Eine Weile lang wippten die beiden Freundinnen schweigend auf und ab, und einmal sah Luna so aus, als ob sie Stella etwas sagen wollte. Aber da fing Luzifix zu fauchen an, und Luna klappte den Mund wieder zu.

Als die Sonne unterging, sprang Luna von der Wippe. „Du musst jetzt leider gehen", sagte sie zu Stella.

„Na, dann viel Spaß bei deinem blöden *anderen*!", fauchte Stella sie an. Dann lief sie nach Hause und knallte die Zimmertür hinter sich zu. Aber im Bett, als sich der volle Mond vor ihr offenes Fenster schob, ging Stella plötzlich ein Licht auf.

Vollmond! Es war immer Vollmond, wenn Luna sagte, sie habe etwas anderes. Damals beim Schlaffest im Kindergarten, später beim Grillfest und heute Abend auch. Aber was hatte ihre beste Freundin bei Vollmond *anderes* vor? Und vor allem: Warum machte sie ein solches Geheimnis daraus?

„Ich werde es herausfinden", sagte Stella.

Sie klemmte sich ihre Stoffeule Schu unter den Arm und tapste in den Garten. Alle Fenster waren dunkel. Nur in Lunas Zimmer brannte Licht. Und Luna stand auf der Fensterbank! Sie trug einen schwarzen Hut, auf ihren Schultern saß Luzifix und zwischen ihren Beinen – klemmte ein Besen!

„Luna!", schrie Stella fassungslos. „Was machst du da?"

Luna sah zu Stella herab. Ihre grünen Augen funkelten im Mondlicht. Erst sah sie erschrocken aus, aber dann lachte sie. „Das ist ein besonderes Geheimnis, und ich darf es niemandem verraten. Aber jetzt hast du mich erwischt, und das …"

„… ist etwas anderes", hauchte Stella. Sie rieb sich die Augen und fragte schüchtern: „Bist du … eine Hexe?"

Luna nickte. „Eine Vollmondhexe. Jeden Vollmond habe ich Hexenkraft und kann fliegen. Niemand weiß es – außer dir. Wenn du mir schwörst, es keinem zu verraten, nehme ich dich mit auf meinem Ritt durch die Nacht."

„Meine beste Freundin kann fliegen", dachte Stella und hob die Schwurfinger hoch. „Ich werde es niemandem verraten", sagte sie feierlich.

    Da flog Luna auf ihrem Besen zu Stella hinab. „Steig auf", sagte sie. Dann hielt Luna den Besen himmelwärts und flog mit ihrer besten Freundin durch die Nacht. Es war wunderbar!
    So wunderbar, dass Stella jetzt jeden Vollmond mit auf Lunas Besen stieg. Und wenn sie an einem solchen Abend von jemandem eingeladen wurde, sagte Stella geheimnisvoll: „Da habe ich was anderes."

Isabel Abedi wurde 1967 in München geboren und ist in Düsseldorf aufgewachsen. Nach ihrem Abitur verbrachte sie ein Jahr in Los Angeles als Aupairmädchen und Praktikantin in einer Filmproduktion und ließ sich anschließend in Hamburg zur Werbetexterin ausbilden. In diesem Beruf hat sie dreizehn Jahre lang gearbeitet. Abends am eigenen Schreibtisch schrieb sie Geschichten für Kinder und träumte davon, eines Tages davon leben zu können. Dieser Traum hat sich erfüllt. Inzwischen ist Isabel Abedi Kinderbuchautorin aus Leidenschaft. Ihre Bücher, mit denen sie in verschiedenen Verlagen vertreten ist, wurden zum Teil bereits in mehrere Sprachen übersetzt und mit Preisen ausgezeichnet. Isabel Abedi lebt heute mit ihrem Mann und zwei Töchtern in Hamburg.

Eva Czerwenka wurde 1965 in Straubing geboren. Nach dem Abitur studierte sie an der Münchener Kunstakademie Bildhauerei. Bereits während dieser Zeit entstanden ihre ersten Kinderbuch-Illustrationen. Doch die Liebe zum Modellieren hat sie nicht verloren. Denn wenn sie mal gerade nicht vor dem Zeichentisch sitzt, formt sie am liebsten Tiere aus Ton.

Die 4. Stufe der Loewe Leseleiter

Bereits seit mehreren Jahrzehnten führen die Leselöwen Millionen von jungen Lesern mit Spaß zum Lesen. Die vielen abgeschlossenen Geschichten sind durch eine klare Gestaltung einfach zu lesen, sodass die Lesemotivation erhalten bleibt und die Lust aufs Weiterlesen gestärkt wird. So werden aus Leseanfängern stufenweise kompetente Leser.